Si dejaras de escribir los libros de "La casa del árbol", ¡¡¡me volvería loco!!! —Anthony

Jack me ha dado la idea de tener mi propio cuaderno de notas. —Reid K.

Espero que escribas más libros de la serie. Le dan magia a mi vida. —Michelle R.

Ahora tengo más ganas y ánimo de leer. ¡Gracias! —Lydia K.

Me gustan tus libros porque son muy emocionantes. Me hacen sentir que viajo con Annie y Jack por todo el mundo. —Elizabeth C.

¡Gracias a ti, se ha disparado nuestra imaginación! —Julie M.

¡Tus libros me inspiran tanto que sólo quiero leer, leer y leer! —Eliza C.

Leyendo tus libros tuve la idea de escribir mi propio libro. —Tyler

Creo que tus libros son fantásticos. No me puedo dormir sin leer uno de ellos. —Leah Y.

¡Los bibliotecarios y los maestros también aman los libros de "La casa del árbol"!

Tus aventuras son parte de nuestro día a día en la escuela. En cada clase, luego de leerles en voz alta a mis alumnos, elegimos a uno de ellos para que represente el rol de Annie o Jack, con mochila, lentes y cuaderno de notas. Así, trabajamos con material de todos tus libros y los niños siempre actúan cada situación. —L. Horist

Lo mejor que he hecho como docente ha sido llevar tu colección al aula de clases. Annie y Jack han ayudado a nuestros alumnos a crecer como lectores de una manera increíble. —D. Boyd

Gracias por estos fabulosos libros. Verdaderamente, han encendido la chispa interna necesaria para estimular a los niños en la lectura. ¡Yo también los disfruto! —D. Chatwin

Para un docente es muy renovador contar con historias tan interesantes y llenas de información para incentivar y alentar el hábito de la lectura. —R. Trump

Con tus libros, has creado una potente herramienta que estimula a los niños a aprender sobre lugares y hechos históricos. —L. George

Como maestra, adoro la sencillez con la que tus libros concuerdan con las actividades curriculares. Esta colección nos sirve de complemento para trabajar las unidades de Ciencias Naturales y Estudios Sociales. Tus historias brindan a mis alumnos la experiencia de vivir en otro lugar y en otra época sin que tengan que salir de su casa. —T. Gaussoin

Gracias a la rica variedad de escenarios que presentan tus libros, mis estudiantes tienen acceso a una invalorable fuente de información sobre historia y el mundo que los rodea, a veces, incluso sin que ellos lo adviertan. —L. Arnts

Me sorprende la facilidad con la que estos libros tientan a mis alumnos a querer seguir leyendo. —T. Lovelady

Queridos lectores:

Cuando hice la investigación para "Jueves de Acción de Gracias" aprendí algo nuevo. El banquete del año 1621 de los peregrinos y los indios wampanoag, en la bahía de Plymouth, considerado por nosotros como el primer día de Acción de Gracias, no fue un día destinado a agradecer. Fue un festival que duró tres días para celebrar la buena cosecha, durante el cual los peregrinos y los wampanoag compartieron muchas comidas. Aun así, por tradición, consideramos a este festival de la cosecha como la primera celebración de Acción de Gracias. Más de doscientos años después, en 1863, el presidente Abraham Lincoln declaró que el día nacional de Acción de Gracias debía celebrarse el último jueves del mes de noviembre.

Espero que ustedes también aprendan muchas cosas nuevas, cuando viajen al primer "día de Acción de Gracias" de la mano de Annie y Jack.

Les desea lo mejor,

Mary Pope Osborne

LA CASA DEL ÁRBOL #27

Jueves de Acción de Gracias

Mary Pope Osborne

Ilustrado por Sal Murdocca
Traducido por Marcela Brovelli

PUBLICATIONS, INC.
205 Chubb Avenue • Lyndhurst, NJ 07071

Para Bill, LuAnn, Mickey y Alan;
amigos con los que hemos celebrado
Acción de Gracias por muchos años.

JUEVES DE ACCIÓN DE GRACIAS

Spanish translation©2014 by Lectorum Publications, Inc.
Originally published in English under the title
THANKSGIVING ON THURSDAY
Text copyright©2002 by Mary Pope Osborne

Illustrations copyright ©2002 by Sal Murdocca
This translation published by arrangement with Random House Children's Books,
a division of Random House, Inc.

MAGIC TREE HOUSE®
Is a registered trademark of Mary Pope Osborne, used under license.

ISBN 978-1-933032-94-8
Printed in the U.S.A
10 9 8 7 6 5 4 3 2 1

Library of Congress Cataloging-in-Publication Data
Osborne, Mary Pope.
  [Thanksgiving on Thursday. Spanish]
  Jueves de acción de gracias / por Mary Pope Osborne ; ilustrado por Sal Murdocca ;
traducido por Marcela Brovelli.
  pages cm. -- (La casa del árbol ; #27)
  Originally published in English by Random House in 2002 under the title: Thanksgiv-
ing on Thursday.
  Summary: Jack and Annie travel in their magic treehouse to the year 1621, where
they celebrate the first Thanksgiving with the Pilgrims and Wampanoag Indians in the
New Plymouth Colony.
  ISBN 978-1-933032-94-8
  [1. Thanksgiving Day--Fiction. 2. Pilgrims (New Plymouth Colony)--Fiction. 3. Plymouth (Mass.)--History--17th century--Fiction. 4. Time travel--Fiction. 5. Spanish lan-
guage materials.] I. Murdocca, Sal, illustrator. II. Brovelli, Marcela, translator. III.
Title.
  PZ73.O7473 2014
  [Fic]--dc23

                              2014004668

ÍNDICE

Prólogo

Un día de verano, en el bosque de Frog Creek, Pensilvania, apareció una misteriosa casa de madera en la copa de un árbol.

Jack, un niño de ocho años, y Annie, su hermana de siete, subieron a la pequeña casa. Cuando entraron se encontraron con un montón de libros.

Muy pronto, Annie y Jack descubrieron que la casa era mágica. En ella podían viajar a cualquier lugar. Sólo tenían que señalar el lugar en uno de los libros y pedir el deseo de llegar hasta allí. Mientras viajan, el tiempo se detiene en Frog Creek.

Con el tiempo, Annie y Jack descubren que la casa del árbol pertenece a Morgana le Fay, una bibliotecaria encantada de Camelot, el antiguo reino del Rey Arturo. Morgana viaja a través del tiempo y el espacio en busca de libros.

En los libros #5 al 8 de *La casa del árbol*, Annie y Jack ayudan a Morgana a liberarse de un hechizo. En los libros #9 al 12, resuelven cuatro antiguos acertijos y se convierten en Maestros Bibliotecarios.

En los libros #13 al 16, Annie y Jack rescatan cuatro historias antiguas antes de que se pierdan para siempre.

En los libros #17 al 20, Annie y Jack liberan de un hechizo a un pequeño y misterioso perro.

En los libros #21 al 24, Annie y Jack se encuentran con un nuevo desafío. Deben encontrar cuatro escritos especiales para que Morgana pueda salvar el reino de Camelot.

En los libros #25 al 28, Annie y Jack viajan en busca de cuatro tipos de magia especiales.

1

¿Un banquete?

—Vamos —dijo Annie, parada en la entrada de la habitación de su hermano—. Tenemos que ir al bosque.

—Pero hoy es jueves —contestó Jack—. Vamos a ir a la casa de la abuela.

—Ya lo sé —insistió Annie—. Pero tengo el presentimiento de que la casa del árbol ha regresado. Tal vez Morgana ya nos dejó la nueva rima.

Jack confió en las palabras de su hermana.

—De acuerdo, pero tendremos que apurarnos —dijo.

Rápidamente, guardó el lápiz y el cuaderno dentro de la mochila y bajó detrás de Annie.

—¡Volveremos pronto! —les dijo Jack a sus padres en voz alta.

—¡*Muy* pronto! —agregó su padre.

—No olviden que hoy es jueves —dijo su madre —. ¡A las nueve iremos a la casa de la abuela!

—Ya lo sé —contestó Jack.

—¡Volveremos en diez minutos! —agregó Annie.

Ella y Jack salieron de la casa muy apurados. Atravesaron el jardín y corrieron calle arriba, hacia el bosque de Frog Creek.

Ambos avanzaron veloces entre luces y sombras, hasta que se detuvieron frente al roble más alto.

—¡Ahí está! —exclamó Annie.

—¡Tenías razón! —agregó Jack.

En la copa del enorme árbol, estaba la casa mágica.

Jack se agarró de la escalera colgante y empezó a subir. Annie siguió a su hermano.

Ambos entraron en la casa del árbol. Los rayos del sol se filtraban por la ventana.

—Bien, los regalos que trajimos de nuestros dos últimos viajes aún están aquí —comentó Annie.

Y miró los rollos de pergamino que habían traído del teatro de Shakespeare y la pequeña rama obsequiada por los gorilas.

—Esto prueba que hemos encontrado la magia del teatro y la magia de los animales —dijo Jack.

—Mira —agregó Annie, señalando un

libro que estaba en un rincón oscuro de la casa. Un trozo de papel sobresalía de entre las hojas.

Jack lo agarró.

—Es una nota de Morgana —comentó.

Y empezó a leer:

Queridos Annie y Jack:

Les deseo muy buena suerte en su tercer viaje en busca de la magia especial. Esta rima los guiará:

Para encontrar una magia especial
cuando la labor del día llega al final
todos juntos celebremos,
de tres mundos diferentes, uno solo nacerá.

Muchas gracias,
Morgana

"¿Y con quién tendremos que reunirnos?", se preguntó Jack.

Annie aún tenía el libro en la mano.

En el dibujo de la tapa se veía una canasta llena de maíz, apoyada sobre una mesa de madera. El título decía: *"Un banquete para recordar"*.

—Iremos a un banquete —dijo—. ¡Deseamos ir a este lugar! —agregó, señalando la tapa del libro.

—Espera —gritó Jack—. ¿Qué clase de banquete? ¿Dónde y *cuándo?*

Pero el viento ya había empezado a soplar.

La casa del árbol comenzó a girar.

Más y más rápido cada vez.

Después, todo quedó en silencio.

Un silencio absoluto.

2

¡Shhhh!

Jack abrió los ojos. Los rayos del sol, brillantes y dorados, iluminaban toda la casa del árbol. El aire se sentía fresco y liviano.

Annie tenía puesto un vestido largo, una cofia blanca y un delantal.

Jack llevaba puesta una chaqueta con cuello ondulado, pantalones cortos, calcetines largos, zapatos de cuero y un sombrero. En vez de mochila tenía un bolso, también de cuero.

—Me gusta tu sombrero —comentó Annie—. Es original.

—El tuyo también —respondió Jack.

—Pareces un *peregrino* —agregó Annie.

—Igual que tú —dijo Jack—. ¡Uy, cielos! ¡Seguro que estamos en la época de los *peregrinos!*

Los dos corrieron hacia la ventana.

La casa del árbol había aterrizado en la copa de un roble muy alto, cerca de un bosque. Las hojas de los árboles, de color rojo y amarillo, se sacudían con la brisa. Más allá del bosque había una pequeña aldea y, más allá de la aldea, estaba el océano.

—*Parece* que estamos donde vivieron los peregrinos —comentó Jack—. Lo estudiamos en la escuela.

Cuando abrió el libro para investigar, encontró un dibujo en el que se veía la misma aldea junto al mar. Al instante, se puso a leer:

En el año 1620, un grupo de 102 pasajeros partió de Inglaterra hacia América, en un barco llamado *Mayflower*. Muchas de las personas que

viajaban lo hacían porque deseaban libertad religiosa. Querían alabar a Dios a su manera, y no según lo que el rey de Inglaterra imponía. Otros deseaban comenzar una vida nueva en otra tierra. Hoy en día, a toda esa gente que viajó en el *Mayflower* se los llama peregrinos.

—¡*Sí!* —dijo Annie.

Jack continuó leyendo:

Los peregrinos querían establecerse cerca de la ciudad de Nueva York, pero una tormenta desvió la embarcación hacia el norte y terminaron en una bahía en la costa de lo que es hoy Massachusetts. Seis años antes, el capitán John Smith había explorado el lugar. Él fue quien le dio el nombre de Plymouth a la bahía.

—¿Plymouth? —preguntó Annie—. ¡Allí fue donde se celebró el primer día de Acción de Gracias!

—¡Uy, cielos! —exclamó Jack, sonriente—. Así que *ése* es el banquete.

—¡Increíble! —exclamó Annie—. En mi clase hicimos una obra de teatro acerca del primer día de Acción de Gracias.

—En mi clase también —agregó Jack.

—Hice de Priscilla —comentó Annie.

—Yo hice de pavo —dijo Jack.

—Ahora conoceremos a la *verdadera* Priscilla —dijo Annie—. ¡Y también a Squanto! ¡Y al gobernador Bradford y a Miles Standish! ¡Vamos! ¡En marcha!

Annie comenzó a bajar por la escalera.

—¡Espera! ¿Qué vamos a decir? —preguntó Jack.

—Les diremos "hola" y listo —contestó Annie.

—¿Estás loca? —preguntó Jack, guardando el libro en su bolso—. ¡No van a entender quiénes somos! Tenemos que idear un *plan*.

Sin perder tiempo, Jack se colgó el bolso del hombro y bajó por la escalera, detrás de su hermana.

—Oye, necesitamos... —comenzó a decir Jack.

—Ya lo sé, necesitamos un *plan* —agregó Annie—. Pero primero acerquémonos a la aldea y observemos un poco.

—Perfecto —respondió Jack—. Pero no podemos dejar que nadie nos vea. Tenemos que ser cuidadosos y hacer silencio.

Los dos comenzaron a caminar por el bosque, tratando de no hacer ruido. Aunque no en completo silencio. Las hojas secas del otoño crujían debajo de sus zapatos de cuero.

—¡Shhh! —exclamó Jack.

—No puedo evitarlo —dijo Annie.

—Entonces tendremos que detenernos —agregó Jack—. ¡Escondámonos!

Ambos se acomodaron detrás de un árbol. Un poco más lejos, se veían hileras de pequeñas casas de madera, con techos empinados.

Jack sacó el libro del bolso. Se acomodó los lentes y se puso a leer para sí:

Los peregrinos trajeron de Inglaterra pollos, gansos, cabras, ovejas y semillas para plantar. Aunque sabían cómo hacer trampas para cazar animales salvajes para alimentarse, no hubieran sobrevivido sin la ayuda de un indio wampanoag, llamado Squanto. Fue él quien les enseñó a sembrar maíz.

—Eh, hola —susurró Annie.

Annie había saludado a un perro flaco y de pelaje amarillento. El animal se había acercado al árbol para olfatear.

—Trata de que no te vea —susurró Jack.

—¿Por qué? —preguntó Annie.

El perro los vio y se puso a ladrar.

—¡Por *eso*! —dijo Jack.

El escuálido animal ladraba sin parar.

Dos peregrinos se acercaron corriendo desde el otro lado de las casas. Luego, más peregrinos aparecieron en el lugar. Todos miraban en dirección al perro, que no paraba de ladrar.

—¡Oh, no! —exclamó Jack—. ¡Regresemos! ¡Todavía no tenemos un plan!

Metió el libro en el bolso y empezó a alejarse del árbol. De repente, algo le aprisionó el tobillo. Y una rama se quebró.

—¡AHHHH! —gritó Jack, al ser jalado hacia arriba.

3

¿Uaa?

—¡Jaaaack! —gritó Annie, desesperada.

El perro flacucho saltaba alegremente de un lado al otro.

Jack había quedado colgando hacia abajo, con una soga alrededor del tobillo. La sangre se le había ido a la cabeza. Sus lentes y su bolso habían quedado tirados sobre el pasto.

—Debo de haber pisado una trampa para cazar animales —dijo, con voz entrecortada.

—Te liberaré —agregó Annie. Trató de alcanzar la soga, pero estaba muy alta.

Jack oyó voces por encima del ladrido del perro. De pronto, un grupo de personas se pararon cerca de él y de su hermana.

—¡Oh, piedad! —gritó una mujer.

—¡Hemos atrapado a un niño! —dijo un hombre.

El perro lamió el rostro de Jack.

—¡Socorro! —exclamó él.

Otro hombre espantó al perro y agarró a Jack. Otro cortó la soga con un cuchillo. Luego, ambos lo acostaron sobre el suelo.

Jack se sentó sobre las hojas de los árboles. Se quitó la soga y se masajeó el tobillo. Se sentía mareado.

—¡Ten, aquí tienes tus cosas! —dijo Annie.

Jack se puso los lentes y el sombrero. Se colgó el bolso en el hombro. Y se puso de pie.

Ahora podía ver. Alrededor de cuarenta o cincuenta peregrinos, entre ellos, hombres, mujeres y niños, los miraban detenidamente a él y a su hermana. Algunos de los niños se reían.

Las niñas estaban vestidas igual que las

mujeres. Y los niños, igual que los hombres.

Sin embargo, había una persona que se veía muy diferente a los demás. Tenía la piel de color marrón. Llevaba el cabello negro recogido en una trenza, con una pluma sobre la cabeza. Y tenía una piel de venado colgando de un hombro.

"*¿Ése es Squanto?*", se preguntó Jack.

"¿El indio wampanoag que ayudó a los peregrinos?".

De pronto, dos hombres dieron un paso adelante. Uno de ellos se mostraba sonriente.

—¡Muy buen día! —dijo el hombre de actitud amigable—. ¿Quiénes sois vosotros?

—Yo soy Annie —dijo ella—. Y éste es mi hermano, Jack. Hemos venido en son de paz.

—Bienvenidos a la colonia de Plymouth —dijo el hombre—. Yo soy el gobernador Bradford. Y éste es el capitán Standish.

El capitán lucía muy serio y llevaba una larga pistola sobre el hombro.

—¡Uau! —exclamó Annie.

—¿Uau? —preguntó el capitán Standish.

—¿Uau? —susurraron otros, extrañados.

—He oído hablar mucho sobre usted —comentó Annie, mirando a su alrededor—. ¿Está por aquí Priscilla?

—¡Shhhh! —exclamó Jack.

—Yo soy Priscilla —dijo una mujer joven. Al parecer, tenía entre diecisiete y dieciocho años. Se la veía cansada y triste.

—Hola —dijo Annie tímidamente—. Yo también fui Priscilla.

—Annie —Jack trató de prevenir a su hermana.

—¿Tú fuiste yo? —preguntó Priscilla confundida.

—No le hagas caso a mi hermana —dijo Jack—. Está chiflada.

—¿*Chiflada*? —repitió Priscilla.

—¿*Chiflada*? —susurraron otros.

—¡Oh, cielos! —exclamó Jack, sonriendo nervioso.

—¿*Oh, cielos*? —repitió Priscilla.

Annie rió tímidamente.

—Eh… no importa —dijo Jack—. Así es como hablamos en casa.

—¿Y dónde *queda* vuestra casa? —preguntó el capitán Standish, en un tono menos amigable que el del gobernador Bradford.

—Eh... vivimos en una aldea que queda más al norte —explicó Jack—. Nuestros padres nos enviaron aquí para... —En ese instante, recordó algo que había leído en el libro—. Vinimos a aprender a cultivar maíz.

—¿Pero cómo y cuándo vino vuestra familia a América? —preguntó el Capitán.

Jack empezó a preocuparse. Ahora que había comenzado a inventar una historia, no podía echarse atrás. Por fortuna, recordó algo más que había leído en el libro.

—Navegamos hacia América con el capitán John Smith —explicó—. Annie y yo éramos recién nacidos en ese entonces.

—Ah... ¿en serio? —preguntó el gobernador Bradford.

Jack asintió con la cabeza.

—En serio —contestó.

—Creo que Squanto conoció al capitán John Smith cuando estuvo en Plymouth —dijo el capitán Standish—. Tal vez se acuerde de ti.

Todos se dieron vuelta para mirar al hombre de la trenza.

"¡Oh, no!", pensó Jack. Sabía que Squanto no podría recordarlos.

—Estos niños dicen que navegaron con el capitán John Smith —le dijo el gobernador Bradford a Squanto—. ¿Tú recuerdas a dos pequeños bebés llamados Annie y Jack?

Squanto se acercó a ellos y los observó detenidamente. Jack contuvo la respiración. El corazón le latía con fuerza.

Luego, Squanto se dirigió al Gobernador.

—Sí, recuerdo —dijo con voz serena.

4

¡Nosotros pescamos!

—¡Buen día, Squanto! —dijo Annie con una amplia sonrisa.

—Buen día, Annie —respondió Squanto devolviéndoles la sonrisa a ella y a su hermano.

Jack estaba tan sorprendido que no podía hablar. *"¿Por qué dijo Squanto que se acuerda de nosotros?"*, se preguntó. *"¿Nos habrá confundido con otros niños?"*.

El capitán Standish también estaba sorprendido. Pero el gobernador Bradford sonreía amigablemente.

—Ha ocurrido un milagro —dijo—. Nosotros siempre les damos la bienvenida a todos los pequeños que llegan hasta aquí. Los niños son un regalo de Dios, cualquiera sea el lugar de donde vengan.

"Ésa es una hermosa forma de ver las cosas", pensó Jack.

Justo en ese instante, un niño apareció.

—¡Ha llegado el cacique Massasoit con noventa hombres! —gritó.

El niño señaló una larga hilera de hombres que venía descendiendo por un sendero, cercano al campo de maíz.

El cacique Massasoit iba un poco más adelante del resto de los hombres. Tenía el rostro pintado de rojo. Y llevaba puesto un poncho de piel con cuentas blancas.

El gobernador Bradford, el capitán Standish y Squanto se adelantaron para recibir a los visitantes.

—¡Piedad! —susurró una mujer peregrina.

Todos los peregrinos se veían preocupados.

—¿Por qué está asustada, señora? —preguntó Annie.

—Oh, no —exclamó Priscilla—. Hemos invitado al cacique Massasoit y a sus hombres a nuestro banquete de la cosecha. Pero no esperábamos a tantos. No hemos preparado tanta comida.

El gobernador Bradford y Squanto hablaron con el cacique. Luego, Squanto fue al bosque con algunos de los hombres. Y el Gobernador regresó con los peregrinos.

—Los wampanoag irán a cazar más venados —dijo—. Pero también tenemos que traer más comida a la mesa. Priscilla, por favor, diles a los pequeños lo que tienen que hacer.

Priscilla les dijo a algunos que llevaran agua o que tendieran las mesas. A otros, que recogieran vegetales o que cazaran animales pequeños.

Una vez que los niños recibieron sus tareas,

salieron corriendo para hacerlas. Sólo habían quedado Annie, Jack y una pequeña niña que tenía una enorme canasta.

—Jack, ¿te gustaría acompañar a los niños? —preguntó Priscilla, señalando a un grupo de niños que se alejaba junto con el perro.

Jack miró a Priscilla confundido. *"¿Por qué tengo que ir con ellos?"*, se preguntó.

—¿Por qué lo preguntas? —dijo Annie.

—¿Tú no lo sabes? —agregó la niña más pequeña—. Van a ir a cazar aves acuáticas.

—Jack nunca ha ido de caza —dijo Annie.

—¿En verdad? ¿Pero entonces cómo sobreviven? —preguntó la pequeña con curiosidad.

—Nosotros... eh... —Jack se quedó congelado.

—Nosotros... ¡pescamos! —agregó Annie.

"¿De verdad?", pensó Jack.

—¡Ah, perfecto! —exclamó Priscilla—. Entonces les pido que traigan tantas almejas

27

y anguilas como puedan. Tenemos que alimentar cerca de ciento cincuenta bocas.

Agarró la canasta que tenía la niña y se la dio a Annie.

—¡Nos veremos más tarde! —dijo Priscilla—. Mary y yo iremos a ayudar en la cocina.

—¿Eh…? —exclamó Jack.

Pero no pudo preguntar nada. Priscilla y la pequeña ya se habían marchado rumbo a la aldea.

5

Anguilas y almejas

Jack miró a Annie.

—No podemos quedarnos aquí —dijo.

—¿Por qué? —preguntó ella—. Ahora no podemos volver a casa. Los peregrinos necesitan nuestra ayuda.

—¡Pero no sabemos hacer nada! —dijo Jack—. Y Squanto se va a dar cuenta de que es la primera vez que nos ve. ¡Y además…!

—Pero no te preocupes tanto —agregó Annie—. ¿Ya olvidaste que todos los años ayudamos a mamá y a papá con los preparativos de la cena de Acción de Gracias? Sí, podemos ayudar a los peregrinos. ¡Pero va a ser mejor que nos apuremos!

Annie agarró la enorme canasta y salió corriendo hacia la bahía. Jack suspiró resignado y corrió detrás de su hermana.

Los dos se detuvieron en la orilla de la costa rocosa y observaron el lugar. Pequeñas olas cubrían el corto tramo de arena. El aire salino se sentía fresco y limpio. Las gaviotas se abalanzaban en picada sobre el agua.

—Quisiera saber dónde están las anguilas y las almejas —dijo Annie.

—Voy a investigar —agregó Jack mientras abría el libro.

Buscó la palabra anguila en el índice y se detuvo en la página indicada para leer en voz alta:

Squanto les enseñó a los peregrinos a atrapar anguilas. Él les mostró cómo sacarlas de la arena mojada con los pies descalzos para luego agarrarlas con las manos.

—¡Eso parece divertido! —dijo Annie. Dejó la canasta en el suelo, y se quitó los zapatos y los calcetines. Se levantó la falda y caminó por las rocas hasta la orilla.

Jack guardó el libro en el bolso. Se quitó los zapatos y los calcetines y siguió a su hermana.

Los dos hundieron los pies en la arena.

—Yo no siento nada —comentó Jack.

—Busquemos en el agua —sugirió Annie.

Ambos dieron varios pasos hacia adelante.

—¡Brrr! —exclamó Annie.

—¿Acaso tienes frío? —preguntó Jack tiritando.

Mientras chapoteaba sobre la arena pantanosa, sentía la dureza de conchas y piedras. Hasta que, de repente, notó algo suave.

—¡Creo que encontré una! —dijo.

Annie chapoteó hacia su hermano.

—¿Dónde? —preguntó.

—Quédate quieta, Annie —dijo Jack—. ¡Aquí está!

Mientras hundía el pie en la arena con más fuerza notó que la cosa suave se movía. De pronto, una anguila se deslizó en el agua.

¡Jack la atrapó con las dos manos!

—¡AHHHH! —gritó.

La anguila era larga y muy fina, igual que una serpiente. ¡Al tacto, era babosa y repulsiva! Se retorcía y giraba sin parar. Annie se moría de risa al ver a su hermano luchando con el animal para que no se le escapara.

La anguila serpenteó con fuerza y cayó en el agua, cerca de Annie.

—¡Uyyy! —gritó ella. Al tratar de esquivarla, chocó con su hermano y terminaron los dos en el agua.

Luego, se levantaron rápidamente y se alejaron de la orilla. Annie no podía parar de reír.

—¡Pobre anguila! —dijo, tratando de recuperar el aliento—. Casi la matamos de un susto.

—Mejor busquemos almejas.

Jack estaba mojado y con frío. Pero agarró el libro de nuevo, buscó la página sobre almejas y se puso a leer en voz alta:

Squanto les enseñó a los peregrinos a desenterrar almejas. Este tipo de molusco tiene un caparazón extremadamente duro. Por lo general, alcanza a vivir alrededor de sesenta años o más. Las más viejas han llegado a vivir cerca de cien años. Estos...

—Olvídalo, Jack —interrumpió Annie.

—¿Qué? —preguntó él.

—No podemos atraparlas —dijo Annie—. Viven tantos años. No debemos ponerles fin a sus vidas.

Jack suspiró y se sentó sobre una roca. Annie se sentó junto a su hermano. Ambos tenían la ropa empapada y los pies llenos de arena fangosa. Y la canasta vacía.

—¿Qué otras cosas hacen los niños peregrinos para ayudar? —preguntó Annie.

Jack volvió a abrir el libro y buscó información acerca de los niños peregrinos. Luego, leyó en voz alta:

Los niños peregrinos trabajaban muy duro. Construían cercas y cuidaban a los animales. Plantaban, cosechaban y molían el maíz. Recogían calabazas, guisantes y frijoles. Vigilaban los sembrados. Cazaban y pescaban. Cargaban agua. Recogían nueces. Cocinaban y limpiaban. Hacían todo lo que se les pedía. Y jamás se quejaban si estaban cansados.

—¡Oh, cielos, ya me cansé con sólo *leer* todo lo que hacían! —dijo Jack, mientras cerraba el libro—. Nosotros como niños peregrinos somos pésimos.

—Sí, lo sé —agregó Annie—. Tal vez podríamos hacer algo como... vigilar la cocción del pavo. Y avisar cuando esté listo. Así es como yo ayudo a mamá todos los años.

—Annie, en Frog Creek la celebración de Acción de Gracias es muy diferente a la de los peregrinos —explicó Jack.

—¡Annie! ¡Jack! —llamó una voz desde lejos.

Jack guardó el libro rápidamente. Ambos se dieron vuelta para ver quién los buscaba.

Parada sobre una roca, estaba Priscilla. Tenía una calabaza grande en la mano y también traía una canasta llena de calabacitas amarillas y mazorcas de maíz rojas.

—Estaba buscándolos —dijo.

6

Buen trabajo

—¡Buen día, Priscilla! —dijo Annie.

—¿Cómo les ha ido? —respondió ella acercándose—. ¿Han llenado la canasta con anguilas y almejas?

—En realidad, no pudimos —contestó Jack.

—La anguila no se dejó atrapar —explicó Annie—. ¡Y las almejas viven tantos años! ¡Nos pareció incorrecto quitarles la vida!

Priscilla se echó a reír. Sus ojos tristes se encendieron de golpe.

—Qué niños tan extraños —comentó—.

Los dos están mojados y con frío. ¿Quieren venir a mi casa para secarse junto al fuego?

—¡Sí! —contestaron Annie y Jack a la vez.

Los dos fueron a lavarse los pies y luego se pusieron los calcetines y los zapatos. Jack levantó su bolso del suelo. Annie agarró la canasta vacía.

—¿Deseas poner un poco del maíz que yo traigo en tu canasta? —preguntó Priscilla.

—¡Sí, muchas gracias! —respondió Annie. Y, de inmediato, agarró algunas mazorcas y algunas calabacitas de la canasta de Priscilla.

—¿Tú querrías llevar la calabaza? —le dijo Priscilla a Jack.

—¡Seguro! —dijo él.

—*¿Seguro?* —preguntó Priscilla.

—Quiero decir, claro que sí —agregó Jack más aliviado, ya que no iban a llegar con las manos vacías.

Con ambos brazos, agarró la enorme calabaza. Annie llevaba la canasta. Así, los dos marcharon detrás de Priscilla de regreso a la aldea.

Los peregrinos y los indios wampanoag estaban reunidos en una ancha calle de tierra. Las mujeres horneaban pan en un horno al aire libre. Algunos niños colocaban tablones encima de barriles para armar mesas. Mary, una niña pequeña, traía una cubeta con agua.

Squanto estaba sentado, fumando en pipa con el cacique Massasoit, el gobernador Bradford y el capitán Standish.

Jack tenía la esperanza de que Mary no le preguntara nada acerca de las anguilas y las almejas. Y de que Squanto no le preguntara por el capitán John Smith. Y mucho menos que el gobernador le preguntara de dónde venía. Así, Jack avanzó escondiendo la cabeza detrás de la enorme calabaza.

Al llegar a una pequeña casa, Priscilla abrió la puerta y llevó a Annie y a Jack a una habitación oscura, llena de humo. La única luz provenía del fuego y de una ventana.

—Siéntense junto al hogar para que puedan secarse —dijo Priscilla.

—¿Hogar? —preguntó Annie, mirando hacia todos lados.

Priscilla volvió a echarse a reír, sacudiendo la cabeza.

—Allí, junto a las ollas —dijo.

Jack se deshizo de la calabaza y de su bolso. Annie dejó la canasta a un lado. El hogar era tan grande que hasta Jack entraba allí. Él y Annie se acercaron todo lo posible a las llamas, que crujían intensamente. Varias ollas colgaban encima del fuego. Cerca de éstas, un pavo incrustado en una varilla de acero se cocinaba lentamente.

—El pavo de Acción de Gracias —susurró Annie.

—Genial —exclamó Jack. *"El primer pavo de Acción de Gracias"*, pensó.

—¿Podrían revolver la mezcla para el pastel de maíz mientras se secan, por favor? —preguntó Priscilla, señalando una de las ollas.

—Claro que sí —respondió Jack.

Priscilla cogió una cuchara de madera y se la dio a Jack. Él comenzó a revolver la espumosa y espesa mezcla.

—Debo ir a recoger nueces —comentó Priscilla—. Mientras estoy afuera, acerquen las raíces a las brasas y agreguen hierbas a la crema de mariscos.

—Claro que sí —contestó Annie.

Cuando Priscilla salió de la casa, Annie miró a Jack.

—¿Cuáles son las raíces y las hierbas? —preguntó.

—Fíjate en el libro —dijo Jack.

Annie sacó el libro del bolso de Jack. Cuando encontró información acerca de las raíces se puso a leer en voz alta:

Los peregrinos llamaban raíces a ciertos vegetales como zanahorias y nabos. Esto era así debido a que dichas hortalizas crecen debajo de la tierra.

—¡Ah! —exclamó Jack. Y agarró algunos nabos y zanahorias para colocarlos cerca de las brasas.

Luego, Annie buscó más información para saber qué eran las hierbas. Cuando la encontró se puso a leer en voz alta:

Los peregrinos llamaban hierbas a los vegetales con hojas que crecen sobre la tierra. Con ellos, preparaban ensaladas. Usaban hierbas secas para dar sabor a sopas y cremas de mariscos.

Jack observó las plantas secas que colgaban de las vigas del techo.

—Ésas deben de ser las hierbas —dijo.

Annie partió una de las hojas y la olió.

—Mmm, esto huele bien —agregó. Luego, se acercó a una de las ollas—. Y ésa debe de ser la crema de mariscos. Huele como el mar.

Desmenuzó la hoja y la echó dentro de la

olla. Agarró una cuchara y revolvió el contenido.

—¡Buen trabajo! —dijo Priscilla, de regreso en la casa.

Jack sonrió. *Por fin* se sentía útil.

Priscilla puso algunas nueces cerca del fuego.

—Squanto nos enseñó cuáles son las nueces que sirven para comer —dijo.

—Squanto les ha enseñado muchas cosas —comentó Annie.

—Él nos salvó la vida —dijo Priscilla, serena—. El invierno pasado pasamos frío y hambre. La mitad de nuestra gente murió.

—Pero... ¿cómo? —preguntó Annie.

—Una enfermedad —respondió Priscilla—. Una fiebre se llevó a mi madre, a mi padre y a mi hermano —agregó, con los ojos llenos de lágrimas.

Todos permanecieron en silencio. Annie abrazó a Priscilla.

—Lo lamentamos mucho —le dijo.

—Gracias —respondió Priscilla, con una triste sonrisa—. Fue un invierno terrible. Pero nosotros jamás perdimos la esperanza. Y este año, gracias a Dios, hemos tenido una buena cosecha. Y todo está en paz con nuestros vecinos.

Con el resplandor del fuego, Priscilla se veía hermosa, pensaba Jack. Además de amable, era muy valiente.

—Vengan —dijo Priscilla. Se secó los ojos y se puso de pie—. Está por suceder algo muy especial. ¿Desean verlo?

—¡Seguro! Quiero decir... *¡claro que sí!* —contestó Annie.

Ella y Jack se pusieron de pie de un salto y salieron de la casa detrás de Priscilla.

7

Práctica de brazos

Priscilla llevó a Annie y a Jack a un extenso campo, alejado de la aldea. Los peregrinos y los indios wampanoag ya estaban allí.

Jack oía el sonido de un tambor, pero no podía ver lo que pasaba.

—¡Si no nos damos prisa no llegaremos a verlo! —dijo Priscilla.

—¿Qué es lo que vamos a ver? —preguntó Annie.

—El capitán Standish dirigirá a los niños y a los hombres —explicó Priscilla—. Van a realizar su práctica de brazos.

"¿Por qué hacen una práctica de brazos?", se preguntó Jack.

Mientras Jack se apuraba para llegar a la multitud, iba practicando detrás de Priscilla. Caminaba haciendo círculos con los brazos extendidos a ambos lados del cuerpo. Luego, comenzó a subirlos y a bajarlos.

De repente, Priscilla se dio vuelta.

—¿Qué haces? —le preguntó.

—Mi práctica de brazos —contestó él.

Priscilla lo miró con una sonrisa tierna y se echó a reír a carcajadas.

Jack también se echó a reír, pero no sabía bien por qué.

En el campo se oyó un sonoro *¡BANG!*

Jack se sobresaltó y dejó de reírse.

Una nube de humo flotó en el aire. Cuando la multitud se alejó, Jack vio a los hombres y a los niños peregrinos sosteniendo sus largas armas con orgullo.

—¿Qué pasó? —preguntó Annie.

—Los hombres han disparado sus mosquetes —explicó Priscilla—. En ocasiones especiales les agrada hacer gala de sus brazos.

"¡Ah, ahora entiendo!", pensó Jack. *"Las armas son los mosquetes, a los que también llaman brazos. ¡Así que 'práctica de brazos' quiere decir disparar los mosquetes!"*.

"Priscilla va a creer que soy un tonto", dijo Jack para sí, colorado de vergüenza.

49

—Te agradezco por hacerme reír con tantas ganas, Jack —dijo Priscilla—. No me había reído así en mucho tiempo.

Jack se encogió de hombros, como si la hubiera querido hacer reír a propósito.

—Ya es hora de servir el banquete —agregó ella—. Debo ayudar a traer el pan.

—¿Y nosotros qué podemos hacer? —preguntó Jack.

—Regresen a mi casa —dijo Priscilla—. Saquen el pavo del asador. Colóquenlo en una fuente y tráiganlo a la mesa.

—¡Oh, genial! ¡Tenemos que ayudar a traer el pavo! —dijo Annie—. Yo *siempre* lo hago en casa.

—Bien —dijo Priscilla—. Mi deseo es que sientan que mi casa es vuestra casa.

Jack también estaba emocionado. Él y su hermana iban a servir ¡el *primer* pavo de la primera celebración de Acción de Gracias! Sin perder tiempo, ambos entraron corriendo en la casa de Priscilla.

—¿Dónde está la bandeja? —preguntó Jack, mirando a su alrededor—. Debe de ser ésa —dijo, con la vista sobre un trozo de madera aplanado.

Annie agarró la bandeja de madera.

—¿Cómo haremos para poner el pavo aquí? —preguntó.

Los dos se acercaron al fuego y se quedaron mirando el pavo, que seguía cocinándose en la varilla de hierro.

—Ése debe de ser el asador —dijo Jack. El asador tenía patas de hierro y un asa.

Jack se acomodó los lentes.

—Levantaré el asador —agregó—. Luego, los dos pondremos el pavo sobre la bandeja.

—Ten cuidado —dijo Annie.

Jack estiró el brazo y colocó la mano sobre el asa de hierro.

—¡Ahhhh! —gritó. ¡El asa estaba muy caliente! Jack quitó la mano y la varilla del asador se salió de lugar.

El pavo cayó al fuego. La grasa de la cocción comenzó a chisporrotear en todas direcciones. ¡El pavo se incendió!

—¡Ayyyyy! —exclamaron Annie y Jack a la vez, dando un paso hacia atrás.

Jack agarró una cubeta con agua para apagar el fuego. Una nube de humo oscuro cubrió las llamas. Cuando el humo se aclaró, el fuego se había extinguido del todo.

Pero el pavo había quedado completamente negro.

8

El banquete

Jack se tapó el rostro con las manos.

—No puedo creerlo —dijo—. ¡Quemé el pavo de los peregrinos!

—¡No te preocupes! —agregó Annie—. Iré a buscar a Priscilla.

—No, no le digas nada —suplicó Jack con un gemido.

—Pero tenemos que decirle lo que pasó —dijo Annie.

Y salió rápidamente de la casa.

Jack alzó la vista y se quedó mirando el pavo.

—¡Oh, cielos! —susurró apenado.

Los peregrinos habían trabajado tan duro para tener qué comer. Habían pasado un invierno tan terrible, en especial Priscilla. Y él había arruinado ¡el primer pavo de Acción de Gracias!

La puerta se abrió. Annie llevó a Priscilla hacia el asador.

—¡Mira! —dijo Annie—. ¡El pavo se cayó sobre el fuego! ¡Se quemó todo!

—Fui yo —confesó Jack.

Priscilla se quedó inmóvil mirando el pavo tirado sobre las cenizas. Luego, miró a Jack. Él bajó la cabeza.

—Oh, Jack —dijo Priscilla, con voz suave—. Te ves muy triste.

Él asintió con la cabeza.

—Lo he arruinado todo —balbuceó.

—No, no digas eso —agregó Priscilla. Y le tendió la mano—. Ven conmigo.

Priscilla guió a Annie y a Jack hacia la brillante luz otoñal.

—¡Mira! —dijo.

Jack vio a un montón de mujeres y niños peregrinos caminando hacia las mesas. Todos llevaban bandejas de madera, llenas de comida.

—En las otras casas también estaban cocinando —dijo Priscilla.

Jack se quedó contemplando los patos asados, los pavos y la carne de ciervo. También, había pescado al horno, langosta, anguilas, almejas y ostras.

No podía quitar los ojos de las calabazas, los frijoles y el maíz. De las ciruelas secas, bayas y nueces asadas. De las ollas humeantes con sopa y cremas. Ni de las bandejas con rebanadas de pan horneado.

—Tuvimos una muy buena cosecha este otoño —dijo Priscilla—. Almacenamos muchos vegetales. Salamos el pescado y curamos la carne. Y hoy, los vecinos wampa-noag trajeron cinco ciervos del bosque para nuestro banquete.

Jack se sintió aliviado al ver tanta comida.

Priscilla se arrodilló y lo miró a los ojos.

—¿Has visto, Jack? ¡Tú no arruinaste nada! —dijo ella—. Tú y tu hermana me han ayudado mucho en el día de hoy. Ambos me han hecho reír. Y los dos actuaron con bondad en el corazón.

Jack estaba sorprendido. Estaba convencido de que no había ayudado absolutamente en nada.

—Vengan —agregó Priscilla—. Vayamos con los demás. ¿Están hambrientos?

Jack asintió con la cabeza. Después de ver todas las fuentes llenas de comida estaba *realmente* hambriento.

Bajo el dorado resplandor del sol de otoño,

Annie y Jack se acercaron a las largas mesas, junto a los peregrinos y los wampanoag.

Priscilla agarró dos platos de madera y le

dio uno a Jack y otro a Annie. También les dio enormes servilletas de lienzo blanco. Luego, les sirvió comida abundante.

Antes de que comenzaran a comer, el gobernador Bradford se puso de pie para hablar.

—Todos los que viajamos hasta aquí en el *Mayflower* no sabíamos cómo sobrevivir en esta tierra —dijo—. Pero Squanto vino en nuestra ayuda. Hoy damos gracias por él, por la paz que tenemos con su pueblo y por todas las grandes bendiciones recibidas.

El gobernador Bradford miró a Annie y a Jack.

—Bienvenidos a nuestro banquete —agregó—. Éste es un momento de unión entre tres mundos diferentes, el *vuestro*, el *nuestro* y el de los wampanoag. De los tres hemos forjado uno solo. Ésta es la magia de la comunidad.

—¡Por supuesto! —exclamó Annie, aplaudiendo y mirando a su hermano—. Lo logramos —susurró.

"¿Qué es lo que logramos?", pensó Jack.

Luego, el gobernador Bradford se colocó la servilleta sobre el hombro.

—¡Bueno! —dijo—. ¡Ahora... coman todos hasta hartarse!

Mientras todos se disponían a comenzar, Annie se acercó a su hermano.

—Encontramos la magia especial —susurró—. *La magia de la comunidad.* ¿Recuerdas la rima? Y repitió las palabras de Morgana:

Para encontrar una magia especial
cuando la labor del día llega al final

todos juntos celebremos,

de tres mundos diferentes,

uno sólo nacerá.

—Oh, cielos —exclamó Jack. Se había olvidado de eso.

—Ahora podemos irnos a casa —dijo Annie.

—De ninguna manera —respondió Jack—. Primero tenemos que comer.

Los dos comenzaron a servirse la comida con las manos. Comieron, comieron y comieron. Jack probó todo lo que tenía en el plato, menos un trozo de anguila y dos almejas. Todo lo que comió le gustó, incluso los nabos.

"La comida en verdad sabe bien", pensó, mientras masticaba su bocado. *"En especial cuando uno come al aire libre, en un bonito día, con mucha gente agradable".*

9

Un buen día

Lentamente, el banquete llegó a su fin. Los invitados limpiaron sus platos con el último trozo de pan que les quedaba. Luego, se limpiaron las manos y el rostro con las servilletas.

Annie y Jack se pusieron de pie.

—Tenemos que irnos a casa —le dijo Annie a Priscilla.

—¿Deben ir con vuestra comunidad? —preguntó Priscilla.

Annie asintió con la cabeza. Después, besó a Priscilla en la mejilla.

—Gracias por todo —agregó Annie.

Jack también quería darle un beso a Priscilla, pero le daba mucha vergüenza.

—Gracias, Priscilla —dijo.

—Gracias a ti, Jack —respondió ella. Dio un paso adelante y *lo* besó en la mejilla.

Jack sintió que su rostro se ruborizaba.

—Discúlpeme, señor, pero mi hermano y yo debemos irnos —le dijo Annie al gobernador Bradford.

—¡Oh, pero aún no les hemos enseñado a cultivar maíz! —agregó la pequeña Mary.

Squanto se puso de pie.

—Annie, Jack, vengan conmigo —dijo—. Los llevaré de nuevo al bosque. Les enseñaré a cultivar maíz.

—Oh, no, no es necesario que haga eso —contestó Jack, rápidamente. Tenía mucho miedo de que una vez que estuvieran solos,

Squanto advirtiera que nunca antes había visto a Annie y a Jack.

Pero Squanto simplemente sonrió y esperó a que ambos hermanos lo siguieran.

—Adiós a todos —dijo Annie agitando el brazo.

Jack saludó también. Todos los peregrinos y los wampanoag le devolvieron el saludo. El perro también se despidió ladrando.

Squanto llevó a Annie y a Jack más allá de la aldea. Cuando pasaron cerca del campo de maíz, Squanto se detuvo.

—El maíz debe plantarse en primavera —dijo—. Hay que poner la semilla en la tierra cuando el capullo del roble está pequeño como la oreja de un ratón.

—Oh, espera, por favor —exclamó Jack. Y sacó el lápiz y el cuaderno del bolso. En todo el día no había tenido tiempo de tomar nota.

Rápidamente, se puso a escribir:

Cómo plantar maíz

Capullo del roble = pequeño como oreja

de ratón

Jack miró a Squanto y se quedó esperando.

—Luego hay que cavar hoyos y poner dos pescados podridos en cada uno de los hoyos —explicó Squanto.

—¿*Pescado podrido*? —preguntó Annie, con cara de asco.

—Sí, el pescado podrido es bueno para la tierra. Sobre el pescado, deberán poner cuatro semillas de maíz y luego cubrir con lodo —continuó Squanto.

Jack siguió escribiendo:

2 pescados podridos, 4 semillas de maíz

cubrir con lodo

—Comprendido —dijo mirando a Squanto.

—Lleven estas semillas de maíz a vuestro hogar —dijo el indio, entregándole una pequeña bolsa a Annie.

—Gracias —contestó ella, agarrando la bolsa.

—Muchas gracias —agregó Jack—. Bueno, adiós. —Tenía muchas ganas de irse, antes de que Squanto comenzara a hacer preguntas acerca del pasado.

—Espera, quiero saber algo —dijo Annie—. Squanto, ¿por qué dijiste que te acordabas de nosotros?

Los ojos de Squanto brillaron.

—Yo no dije que me acordaba de *ustedes*, sólo dije que *recordaba* —explicó Squanto.

—¿Qué es lo que recuerdas? —preguntó Annie.

—Recuerdo lo que es ser de un mundo diferente —dijo Squanto—. Mucho tiempo atrás yo vivía en estas costas. Pero un día, unos hombres vinieron en unas embarcaciones y me llevaron a Europa como esclavo. Yo fui un extraño en una tierra desconocida. Me sentía diferente y asustado. Hoy vi el mismo miedo en vuestros ojos. Por eso traté de ayudarlos.

Annie sonrió.

—Estamos muy agradecidos —dijo.

—Ahora *ustedes* siempre deberán ser amables con la gente que se sienta diferente y asustada —agregó Squanto—. Recuerden siempre cómo se sintieron hoy.

—Claro que sí —exclamó Jack.

Antes de cerrar su cuaderno, escribió una cosa más:

Ser amable con los que se sienten

diferentes y asustados.

Squanto hizo una reverencia.

—Hemos tenido un buen día, niños —dijo.

—¡Claro que sí! —respondieron ellos.

Squanto se dio vuelta y se marchó hacia la aldea. El sol empezaba a ocultarse. Toda la bahía de Plymouth estaba encendida con intensos colores.

—Fue un día maravilloso, en verdad —comentó Annie.

—Sí, lo fue —agregó Jack.

Annie suspiró.

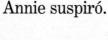

—¿Listo para ir a casa? —preguntó.

—Claro que sí —contestó Jack.

Ambos comenzaron a correr por el bosque.

Sus pisadas hacían crujir las hojas caídas, rojas y doradas. Luego, se agarraron de la escalera colgante y subieron a la casa del árbol.

A lo lejos se oía un himno que entonaban los peregrinos, mezclado con los tambores de los wampanoag. Annie agarró el libro de Pensilvania y señaló el dibujo del bosque de Frog Creek.

—¡Deseamos volver a casa! —dijo.

—¡Adiós, Priscilla! —gritó Jack.

—¡Adiós, Squanto! ¡Adiós a todos! —gritó Annie.

El viento comenzó a soplar.

La casa del árbol empezó a girar.

Más y más rápido cada vez.

Después, todo quedó en silencio.

Un silencio absoluto.

10

Agradecidos

Jack abrió los ojos y suspiró. Él y su hermana tenían puesta la ropa de todos los días. El bolso de cuero se había convertido en una mochila.

El sol se colaba por la ventana de la casa del árbol. Como era natural, en Frog Creek era la misma hora.

—Estamos en casa —dijo Annie. Y miró la pequeña bolsa, que contenía semillas de maíz—. Esto servirá de prueba para demostrarle a Morgana que encontramos la magia especial.

—La magia de la comunidad —agregó Jack.

Annie puso la bolsa en el suelo, junto a los rollos de pergamino de Shakespeare y la pequeña rama de los gorilas.

—Vámonos ya—dijo.

Jack sacó el libro de la mochila y lo puso junto a la ventana. Luego, él y Annie bajaron por la escalera colgante.

Mientras caminaban por el bosque, una brisa cálida sacudía las hojas de los árboles. Jack se sentía feliz. No veía la hora de ir a visitar a su abuela, a sus primos, tías y tíos.

—Los niños peregrinos llevaban una vida muy dura —dijo Annie.

—Sí. Trabajaban tanto como los adultos —agregó Jack—. O tal vez más.

—Y lo peor de todo, muchos de sus amigos

y familiares habían muerto —dijo Annie.

—Sí —dijo Jack.

Ambos se quedaron en silencio por un momento.

—Si *ellos* vivían tan agradecidos —dijo Annie—, *nosotros* deberíamos estarlo mucho más.

—Es verdad —afirmó Jack—. Deberíamos estar muy, *muy* agradecidos.

Y lo estaban.

MÁS INFORMACIÓN
PARA TI Y PARA JACK

En el año 1863, el presidente Abraham Lincoln determinó que el día nacional de Acción de Gracias se celebrara el último jueves del mes de noviembre. Pero en el año 1939, el presidente Franklin D. Roosevelt declaró que la fecha festiva debía conmemorarse el cuarto jueves del mismo mes, en caso de que dicho mes tuviera cinco días jueves.

La palabra *wampanoag* significa "gente de la primera luz". Cuando los peregrinos llegaron a América, los indios *wampanoag* ya habían habitado el sudeste de Nueva Inglaterra por miles de años. Ellos eran expertos a la hora de cazar, pescar y sembrar.

Tisquantum, así era el verdadero nombre de Squanto, era nativo de la tribu patuxet, perteneciente a la federación de tribus wampanoag. Los patuxet ya vivían en Plymouth antes de que los peregrinos arribaran. Pero cuando Squanto regresó a Plymouth, en el año 1619, tras ser llevado como esclavo a tierras lejanas, supo que toda su gente había fallecido a raíz de una plaga, en el año 1617. Debido a que Squanto sabía hablar en inglés tan bien como en su propia lengua, la de los wampanoag, ayudó a negociar el tratado de paz entre los peregrinos y el cacique Massasoit.

Menos de la mitad de los primeros peregrinos sobrevivieron al primer crudo inverno. Pero después de aquella calamidad, el número de la población empezó a aumentar. Más y más peregrinos continuaban llegando de Inglaterra. Al cabo de diez años, la colonia de Plymouth ya tenía casi dos mil habitantes.

Priscilla Mullins, una joven de dieciocho años, era hija del dueño de una tienda. En la dura "enfermedad colectiva" del primer año, Priscilla perdió a sus padres y a su hermano. En el año 1623, se casó con John Alden, un peregrino dedicado a fabricar barriles. El matrimonio tuvo diez hijos.

El personaje de Mary hace alusión a Mary Allerton, que a la llegada de los primeros peregrinos a Plymouth, aún era una niña pequeña. La señora Allerton, la última sobreviviente de los pasajeros del *Mayflower*, falleció en Plymouth en 1699, a la edad de ochenta y tres años.

WILL OSBORNE

Información acerca de la autora

Mary Pope Osborne es autora de muchas novelas, libros de cuentos, historias en serie y libros de no ficción. Su serie *La casa del árbol*, número uno en la lista de los más vendidos del *New York Times*, ha sido traducida a numerosos idiomas en todo el mundo. La autora vive en el noroeste de Connecticut con su esposo Will Osborne (autor de *La casa del árbol: El musical*) y con sus tres perros. La señora Osborne también es coautora de la serie Magic Tree House® Fact Trackers junto con su esposo y Natalie Pope Boyce, su hermana.

Annie y Jack llegan a Inglaterra donde
conocen muy de cerca a la reina Elizabeth I
y al famoso William Shakespeare.

LA CASA DEL ÁRBOL #25

Miedo escénico en una noche de verano

Annie y Jack viajan a las montañas
nubladas de África, donde se encuentran
con sorprendentes y aterradores gorilas.

LA CASA DEL ÁRBOL #26

Buenos días, gorilas

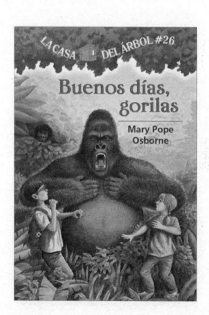

Annie y Jack viajan a las islas de Hawái
donde disfrutan de las grandes olas, hasta
que descubren que se acerca un tsunami.

LA CASA DEL ÁRBOL #28

Maremoto
en Hawái

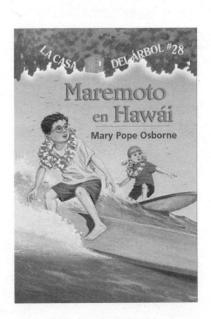

¿Quieres saber adónde puedes viajar en la casa del árbol?

La casa del árbol #1
Dinosaurios al atardecer
Annie y Jack descubren una casa en un árbol y al entrar,
viajan a la época de los dinosaurios.

La casa del árbol #2
El caballero del alba
Annie y Jack viajan a la época de los caballeros medievales y
exploran un castillo con un pasadizo secreto.

La casa del árbol #3
Una momia al amanecer
Annie y Jack viajan al antiguo Egipto y se pierden dentro de
una pirámide al tratar de ayudar al fantasma de una reina.

La casa del árbol #4
Piratas después del mediodía
Annie y Jack viajan al pasado y se encuentran con un grupo
de piratas muy hostiles que buscan un tesoro enterrado.

La casa del árbol #5
La noche de los ninjas
Jack y Annie viajan al antiguo Japón y se encuentran con un
maestro ninja que los ayudará a escapar de los temibles
samuráis.

La casa del árbol #6
Una tarde en el Amazonas
Annie y Jack viajan al bosque tropical de la cuenca del río
Amazonas y allí deben enfrentarse a las hormigas soldado y a
los murciélagos vampiro.

La casa del árbol #7
Un tigre dientes de sable en el ocaso

Jack y Annie viajan a la Era Glacial y se encuentran con los hombres de las cavernas y con un temible tigre de afilados dientes.

La casa del árbol #8
Medianoche en la Luna

Annie y Jack viajan a la Luna y se encuentran con un extraño ser espacial que los ayuda a salvar a Morgana de un hechizo.

La casa del árbol #9
Delfines al amanecer

Annie y Jack llegan a un arrecife de coral donde encuentran un pequeño submarino que los llevará a las profundidades del océano: el hogar de los tiburones y los delfines.

La casa del árbol #10
Atardecer en el pueblo fantasma
Annie y Jack viajan al salvaje Oeste, donde deben enfrentarse con ladrones de caballos, se hacen amigos de un vaquero y reciben la ayuda de un fantasma solitario.

La casa del árbol #11
Leones a la hora del almuerzo
Annie y Jack viajan a las planicies africanas. Allí ayudan a los animales a cruzar un río torrencial y van de "picnic" con un guerrero masai.

La casa del árbol #12
Osos polares después de la medianoche
Annie y Jack viajan al Ártico, donde reciben ayuda de un cazador de focas, juegan con osos polares recién nacidos y quedan atrapados sobre una delgada capa de hielo.

La casa del árbol #13
Vacaciones al pie de un volcán
Jack y Annie llegan a la ciudad de Pompeya, en la época de los romanos, el mismo día en que el volcán Vesubio entra en erupción.

La casa del árbol #14
El día del Rey Dragón
Annie y Jack viajan a la antigua China, donde se enfrentan a un emperador que quema libros.

La casa del árbol #15
Barcos vikingos al amanecer
Annie y Jack visitan un monasterio de la Irlanda medieval el día en que los monjes sufren un ataque vikingo.

La casa del árbol #16
La hora de los Juegos Olímpicos
Annie y Jack son transportados en el tiempo a la época de los antiguos griegos y de las primeras Olimpiadas.

La casa del árbol #17
Esta noche en el Titanic
Annie y Jack viajan a la cubierta del Titanic y allí ayudan a dos niños a salvarse del naufragio.

La casa del árbol #18
Búfalos antes del desayuno
Annie y Jack viajan a las Grandes Llanuras, donde conocen a un niño de la tribu lakota y juntos tratan de detener una estampida de búfalos.

La casa del árbol #19
Tigres al anochecer
Annie y Jack viajan a un bosque de la India, donde se
encuentran cara a cara con un tigre ¡muy hambriento!

La casa del árbol #20
Perros salvajes a la hora de la cena
Annie y Jack viajan a Australia donde se
enfrentan con un gran incendio. Juntos ayudan a varios
animales a escapar de las peligrosas llamas.

La casa del árbol #21
Guerra Civil en domingo
Annie y Jack viajan a la época de la Guerra Civil
norteamericana, donde ayudan a socorrer a los
soldados heridos en combate.

La casa del árbol #22
Guerra Revolucionaria en miércoles
Annie y Jack viajan a los tiempos de la colonia y acompañan a George Washington mientras éste se prepara para atacar al enemigo por sorpresa.

La casa del árbol #23
Tornado en martes
Annie y Jack viajan a la década de 1870 y conocen a una maestra y sus alumnos con quienes viven una experiencia aterradora.

La casa del árbol #24
Terremoto al amanecer
Annie y Jack llegan a California, en 1906, en el momento justo del famoso terremoto de San Francisco que dejó la ciudad en ruinas.